Estimados padres:

¡Bienvenidos a la serie Lector de Scholastic! Nuestra experiencia de más de 80 años con maestros, padres y niños nos ha servido para diseñar un programa acorde con los temas de interés y las destrezas de su hijo/a.

Nivel 1 —Cuentos breves con oraciones cortas y palabras que su hijo/a puede deletrear utilizando sus destrezas fonéticas. Incluye palabras que es importante recordar.

Nivel 2 —Cuentos con oraciones más largas, palabras con las que su hijo/a debe familiarizarse y palabras nuevas que le encantará aprender.

Nivel 3 —Libros con oraciones y párrafos más extensos que contienen fragmentos de texto rico en vocabulario.

Nivel 4 —Los primeros libros en capítulos con más palabras y menos ilustraciones.

Es importante que los niños aprendan a leer correctamente para triunfar en la escuela y en la vida. Aquí les ofrecemos algunas ideas para leer este libro con su hijo/a:

- Hojeen el libro juntos. Anime a su hijo/a a leer el título y predecir el contenido del cuento.
- Lean el libro juntos. Anime a su hijo/a a deletrear las palabras cuando sea necesario. Si le resulta difícil leer alguna palabra, léasela usted.
- Pídale que le cuente el cuento con sus propias palabras. Esa es una buena manera de verificar si ha comprendido.

El objetivo de los libros de la serie Lector de Scholastic es apoyar los esfuerzos de su hijo/a para aprender a leer a cualquier edad y en cualquier etapa. Disfrute enseñando a su hijo/a a aprender a leer e incúlquele amor a la lectura.

—**Francie Alexander**
Directora del Departamento
de Educación de Scholastic

A Nick Keyembe, David Heckerling
y Salvatore Maccarone,
tres hombres a los que les encanta cocinar con niños
—G.M.

Originally published in English
as *Pizza Party!*

Translated by Carmen Rosa Navarro.

ISBN 0-439-55036-X

12 11 10 9 8 7 6 5 4 3   4 5 6 7 8/0

Printed in the U.S.A.   23

First Spanish printing, September 2003

¡Una fiesta con pizza!

por Grace Maccarone
Ilustrado por Emily Arnold McCully

Lector de Scholastic—Nivel 1

SCHOLASTIC INC.
New York   Toronto   London   Auckland   Sydney
Mexico City   New Delhi   Hong Kong   Buenos Aires

Medimos.
Mezclamos.

Ponemos un poco más.

Llenamos.
Derramamos.

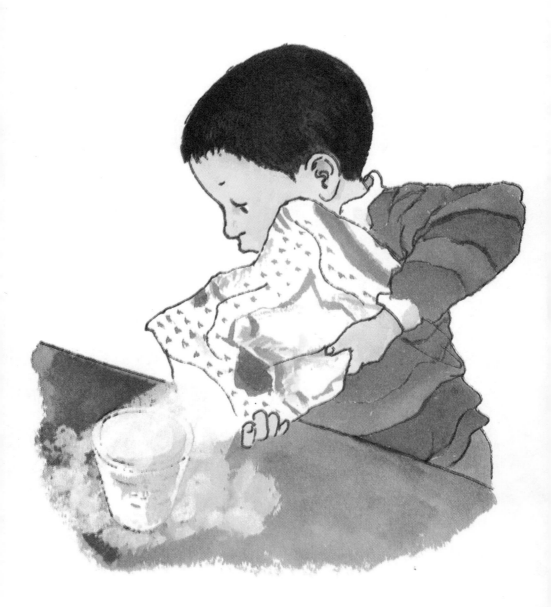

Lavamos aquí y allá.

Limpiamos.

Alisamos.

Ayudamos a mezclar.

Empujamos.

Tocamos.

Amasamos.

Bromeamos.

Nos ponemos a esperar.

Jugamos.

Sonreímos.

Jalamos.

Lanzamos.

Estiramos.

Y ahora a rellenar.

Cortamos.

Rallamos.

Probamos.

Esparcimos.

Horneamos.
Miramos.

Leemos un libro.

¡Qué bien!
¡Ya está lista!

Comemos la pizza.

¡Se terminó!
¡Qué divertido!